AF313037

(C.)

Ye

7739

TOMBEAV

DE

MADAME

LA DVCHESSE

DE BOVILLON.

Se vendent à Charanton,
Par Louys Vendoſme, demeurant à Paris, rue de
la Pelleterie, deuant Sainct Denys de la
Chartre, à l'Image Sainct Nicolas.

M. DC. XLIII.

A TRES-HAVTE
ET ILLVSTRE PRINCESSE
MARIE DE LA TOVR,
DVCHESSE DE LA TREMOVILLE
ET DE THOVARS, &c.

ADAME,

Ayant soubs les auspices de
Monsieur le Duc & de Madame la Duchesse de Bouillon fait les meilleures parties de mes humanitez dans leur Accade-
mie de Sedan, & gousté sous leur faueur
les doux artifices de la Poesie, mesme les
louanges de Madame la Duchesse m'ayās
esté données pour aduantageux exercice
de mon style, & par la force du suiet ayāt
approché les secrettes intelligēces desMu-
ses ; se gracieux souuenir ioint à sa pieté,
qui dans sa vie & dans sa mort se rend re-
commandable à tous les gens de bien, a
obligé ma plume de donner ces eloges à
sa bien-heureuse memoire,ces tesmoigna

gès de ma gratitude , & cès marquès du tres-humble seruice que ie luy auois voué. Et puis, Madame, que vous estes heritiere de ses vertus , & que vostre ame est vne image de la sienne , ces traits qui tirent quelques lineamens de ses perfections ne peuuent auoir iustement d'autre propi-ce & sauue-garde que vostre nom. Outre que son exemple par la reflexion du vo-stre fait vne plus forte impression dans les esprits des Dames de nostre siecle pour leur donner l'amour des choses sainctes, & que mes deuoirs, loin d'estre interrom-pus par la mort de Madame la Duchesse vostre Mere, redoublent leurs obligations en consideration de vostre merite. Re-ceuez, ie vous supplie, Madame, d'vn bon œil ces essais de ma recognoissance, & ces premisses de ma seruitude, puis qu'ils pro-cedent d'vne personne qui fait gloire d'e-stre à toute vostre maison, & qui est parti-culierement,

MADAME,

Vostre tres-humble & tres-obeyssant seruiteur,

I. D.

TOMBEAV DE MADAME
la Duchesse de Boüillon.

A Madame la Duchesse de la Tremouïlle,
sa Fille.

Vses, pourquoy de douleurs trauaillées,
Estes vous tant en larmes escouleés?
D'où vient que l'air de vos piteux accens
Rend les monts vifs, & les rocs gemissans?
Ils sont touchez dans leurs entrailles dures
Du sentiment de vos tristes tortures.
Les bois, les champs, & les fleuues captifs
Suiuent les loix de vos aigres plaintifs.
Le Ciel se couure, & fait de la partie,
Rend à vos pleurs sa face assubiettie,
Nous serions bien, Muses dénaturés,
Si vostre dueil ne nous auoit outrez.
Qui ne seroit attendry de vos plaintes?
Vn aguillon en auroit des atteintes,
Elles vaincroient sa seiche inimitié
Pour en tirer des gouttes de pitié,
Qui pourroit voir des beautez rauissantes
Noyer d'ennuy leurs roses pallissantes,
Desrompre l'air de leur poil espandu,
Noircir les lys de leur sein esperdu
De coups plombez d'vne main demenée,

A iij

Et sousleuer leur poictrine geisnée
Sans estre esmeu d'vn dueil si violent,
Sans estre espris d'vn esmoy desolant,
Sans que le cœur transi ne desconforté
Les yeux mouillez d'vne pareille sorte,
Et sans laisser ses outrageuses mains
Recommencer ces deuoirs inhumains.

   C'est bien raison de pleurer vne Dame,
Que la vertu tenoit comme son ame,
De qui l'Honneur ornoit les actions
Du bel esclat de ses perfections;
De qui la grace accompagnoit la vie
De bonne odeur de loüanges saiuie,
  Qui bien instruite a tousiours r'abbatu
Les traits couuerts du mensonge tortu,
Ferme à gardé l'armet de l'esperance
Dans le combat de sa perseuerance,
A de la Foy le Bouclier maintenu
Contre les dards d'orage continu,
Desquels Satan enuenime les poinctes,
Et de feu vif enuironne les ioinctes.
Dame, qui a tousieurs bien employé
Du parler sainct le glaiue desployé,
  Qui tousiours a contre l'assaut du vice
Faict vn rempart d'vne saincte iustice,
  Qui a tousionrs de ses fideles flancs
Fait bouillonner des celestes eslans,
  Qui finissant sa vitale fusée

D'vn zele ardant parut tant embrasée
Qu'elle enflammast le cœur des escoutans
Du grand amour qui triomphe du temps,
Et peu s'en faut que leur esprit ne vole
Dessus les Cieux par sa douce parole :
Elle deuance en cét heureureux pourpris,
Nous attendons de la course le prix.

  C'est bien raison, que, Muses, separées
De tant d'attraicts dont vous estiez parées,
De tant d'honneur qui formoit vos chansons,
Vous esclattiez des lamentables sons?
Mais ceste mort est sa seure victoire,
Et l'huys ouuert de l'eternelle gloire.
Reprenez cœur, moderez vos soucis,
Donnez de l'air à vos soins addoucis,
Rendez-le teint à vos visages calmes,
Honorez la de lauriers & de palmes,
Et resonnans son los à tout propos
A nos nepueux enseignez son repos,
Si que portez d'vne semblable enuie
Dans la mort mesme ils retrouuent leur vie,
Que nous tesmoins d'vn fil si bien conduit
Pressions ses pas pour entrer au desduit
  Qui donne à l'ame vne solide ioye.
Par les trauaux d'vne espineuse voye,
Passans les yeux à trauers la douleur
L'heureuse fin d'vne telle valeur
Par ses beaux rais escarte les ombrages

Dont les démons exercent nos courages.

   Permettez-moy, Muses de ioindre icy
Comme mon chant de tristesse saisi,
Aussi ces fleurs que pour recognoissance
D'auoir par elle appris vostre puissance,
Et recognu vostre aggreable accueil.
I'espanbaissé sur son digne cercueil.

   Beau rcietton d'vne excellente plante,
Et surion vif d'vne source saillante,
En bon exemple, en honneur, en vertu,
Prenez cét air de plaintes rebatu
D'aussi bon cœur que ie vous le presente,
De ce debuoir mon esprit se contente,
Non pour auoir rendu ce que ie veux;
De mon effort ie console mes vœux,
Dans cét espoir, genereuse Duchesse,
Que vostre employ surmontant ma foiblesse
Me donnera quelque ordre aduantageux
Pour exprimer mes desirs courageux,
Et par effects esclorre les seruices
De mes desseins pour tant de bons offices
Que i'ay receu sous l'honneur de nos iours
Sous sa grandeur aux Castalides cours,
Lors que ce Mars, ce grand Duc vostre pere
Fauorisoit d'vne ioyeuse chere,
Le chœur Neufuain d'vn visage fleury
Luy sousriant sur le beau Mont-chery,
Et de chants gais rauissant ses oreilles

Par

Par le recit de ses belles merueilles,
Et par le lots des rares qualitez
De son espouse esclatante en beautez,
Soit de l'esprit, soit du corps, soit de l'ame
Qui espuisoient le plus fort enthonsiasme.
  Car elle auoit tant de riches thresors,
D'aymables traits, & d'obligeans ressorts,
Qu'il n'y auoit de veine si fertile
En la louant qui ne deuint sterile.
Plus on croyoit attendre leur hauteur,
Moins trouuoit on le poinct de leur grandeur.
Ainsi celuy qui des Alpes chenuës
Veut mesurer les auances cornuës,
Tant plus il grimpe, & plus il void sur soy
De nouueaux Monts luy donner de l'employ,
Et quand il est sur le plus haut du feste
Qu'il peut monter, il void dessus sa teste
Vn dard neigeux se guinder dans les Cieux,
Qu'à peine il peut recognoistre des yeux.
Si ses vertus passoient lors nos louanges,
Ore qu'elle est en la bandes des Anges,
Et qu'à souhait en ce glorieux lieu
Elle iouyst des regards de son Dieu,
Nous pourrons moins à ses graces suffire;
Suiuons de loin ce qu'on ne peut d'escrire,
Efforçons-nous de plus pres d'approcher
Que nous pourrons ce qu'on ne peut toucher.
  Il ne faut pas que mon vers luy suggere

B

De ſes ayeulx la ſplendeur eſtrangere
Pour releuer ſon nom reſplendiſſant,
Il eſt aſſez de ſoy-meſme puiſſant,
Il éblouyt des rais de ſa lumiere
Les meilleurs yeux dés l'atteinte premirre.
Ie laiſſe icy ſon front maieſtueux,
Son graue port & ſon air vertueux,
Son bel eſprit, & ſon accez facile,
Sa douce humeur, ſa parole ciuile,
Et les appas de ſon noble entretien
Comme le moins conſiderable bien.
Elle portoit en ſon ame l'image
Du grand Seigneur à qui tout rend hommage,
Tout ſon amour, ſa gloire & ſon plaiſir,
Et qui tout ſeul eſtoit tout ſon deſir,
Et elle aymoit en luy les autres choſes,
Soit qu'il donnaſt ou l'eſpine, ou les roſes;
De tous ſes dons elle vſoit doucement,
Se ſubmettant à ſa main ſagement.
Sçachant tres bien que ſa bonté diſpence
Tout pour ſa gloire, & pour la recompenſe
De ceux qui doux ſouffrent ſans murmurer
Tout ce que Dieu leur veut faire endurer.
Que cette vie eſt vn temps d'exercice,
Et que tout mal aux ſaincts ſe rend propice,
Elle aſſeuroit ſon ſalut au Sauueur,
Gardoit l'eſpoir de ſa haute faueur,
Trouuoit ſon gain dans cette cognoiſſance
Et ſon threſor dans ſon obeyſſance.

De quelque affaut que les vents orageux
Vinffent l'heurter de leurs airs rauageux,
Elle cherchoit fon fort dans le filence,
En attendant en toute patience
Que le Seigneur euft diſſipé les vents,
Et fait paſſer les nuaux s'efleuans,
Seure qu'en fin il parferoit fa gloire
Au plus eſpais de la tempeſte noire,
Et conduiroit fa nacelle à bon port
Malgré l'ardeur de l'aduerſaire effort,
Malgré le bruit des vagues mugiſſantes,
Malgré l'horreur des foudres rugiſſantes,
Mclgré les flots des nuages froiſſez,
Et le couroux des vents entre-pouſſez.
Et fi parfois le fort de la meſlée
Rendoit vn peu fa conduite esbranlée,
Son œil lancé vèrs Iefus éleué
Eſtoit foudain fon remede efprouué.
Ainfi luifant aux coups de la tourmente
Le feu fainct Elme eſt la monftre charmante,
Aux Matelots agitez de la mer
Qu'ils la verront dans peu de temps calmer
Diray-ie icy fon humble modeſtie,
Et de fon cœur la bonne ſympatie,
Soit entendant les miniſtres du Ciel
Luy diſtiler par l'oreille le miel,
Soit qu'elle appriſt de Iofeph la froiſſure
Faifant en elle vne large bleſſure,

Et attirant ſes prieres en haut
Pour reparer de Sion le defaut.

   Reſonneray-ie icy ſon cœur fidele
A ſon eſpoux, vray cœur de tourterelle,
L'amour entier qu'elle euſt pour ſes enfans,
L'inſtruction qu'ont eu leurs ieunes ans
Par ſa pratique, & par ſa remonſtrance,
Et par le choix des hommes d'aſſeurance,
Le ſoin qu'elle euſt de guider doucement
Ses bons ſubiects ſous ſon commandement;
Bref tout cela qui procedoit du germe
De l'eſprit ſaint dans ſon addreſſe ferme,
Nous ne pouuons l'enfermer dans nos vers;
Tous ces eſclats ſont trop grands & diuers.
Aux doctes ſoit cette belle hecatombe,
Traçons ces vers ſeulement ſur ſa tombe.

   Cy giſt, paſſant, le domicile ſaint
Où le Seigneur fuſt deuotement craint;
Si prudemment ſon repos tu contemple,
Tu ſeruiras de meſme à Dieu de Temple.
Ne la plains plus, ſon corps dort doucement,
Son eſprit vit en ſon contentement
En attendant la derniere Trompette,
Qui reioignant ſa demeure refaite,
Tous deux rauis au deuant du Seigneur
Poſſederont vn eternel honneur.

F I N.

YMNE

DE LA

OMMVNION

VCHARISTIQVE.

A MONSIEVR

DRELINCOVRT,

FIDELE MINISTRE

de l'Eglise Reformée
de Paris.

O N S I E V R

Mé récognoissant grandé-
ment redeuable aux consolations de vostre
zele, par lesquelles le dernier Dimanche
de l'an 1642. vous dispensastes iudicieuse-
ment, & espandistes efficacieusement la
parole de paix & de reconciliation, & res-
sentant que par la benediction de vostre
ministere Dieu m'auoit inspiré cette medi-
tation, ie croirois estre iustement conuain-
cu d'ingratitude, si ayant rèüssi heureusemét
dans l'expression de mes pensées & dans la

conduite de mon deſſein, & voulant lé
dõner à l'edificatiõ de mes freres, ie ne de-
diois ce pieux ouurage à celuy de l'Orga-
ne duquel Dieu s'eſt ſeruy pour m'en donner le mouuement. Receuez ce preſent
comme vne fleur que vous auez auancée
par voſtre arrouſement, & qui porte par ſa
bonne odeur le teſmoignage de voſtre ſoin
& de voſtre culture. Aggréez-le comme vn
petit moyen dont ie me ſers pour addoucir
tant d'obligations dont ie vous ſuis redeuable, & pour conuier voſtre bonté d'en attendre la ſatisfaction, lors que vos commã-
demens & les occaſions fauorables m'en
preſenteront la facilité. Si ie n'ay point le
pouuoir de m'acquitter, i'en conſerueray
touſiours le deſir, & en aduoüeray franche-
ment la debte, ſi auec le deſplaiſir de mon
impuiſſance, auſſi auec le contentement de
voſtre eſtime, & de ma ſubiection, qui vous
eſtant tout acquiſe me permettra (s'il vous
plaiſt) l'honneur de me dire,

MONSIEVR,

Voſtre tres-humble ſeruiteur, & tres-affe-
ctionné frere en noſtre Seigneur,

I. B.

Ce 27. de Ianuier 1643.

HYMNE

DE LA
COMMVNION
EVCHARISTIQVE,

Sur des consolations ressenties en la Cené
d'apres Noel, en 1642.

Seigneur, qui fais saillir du beau mont de
    Sion
Les agreables flots de pure affection,
Qui d'vn diuin transport eleues sur les nuës
Les esprits destachez des basses retenuës,
Qui remplit tellement de nos ames les bords
De tes celestes eaux qu'elles sortent dehors,
Et qui fais découler des rebords de nos léures
Auec rauissement tes merueilleuses œuures,
Enyure mon esprit de si douce façon,
Que i'anime l'ardeur d'vne graue chanson,
Et represente bien cette excellente grace
Dont tes grandes bôtez rendent côble ma tasse;

Que par ses mouuemens l'obstiné regaignè
Recognoisse à la fin ce qu'il a desdaigné,
Et de ses yeux surpris desbroüillant les escailles
Aperçoiue le fond de tes cheres entrailles,
Descouure les appas en delices confits
Du festin gracieux de la mort de ton fils,
Qu'embaumé de l'odeur de ce seul sacrifice
Il aspire alteré son sang sans malefice,
Que par cette liqueur du tout pacifié,
Il offre à l'Eternel vn cœur mortifié,
Et battu des eslans de ioye inenarrable
S'espäde dans l'amour de son Christ fauorable.
  Le Sacrificateur de l'Euangile sainct
Au vif auoit le prix de ce beau sang depeint,
Fait voir la volonté de cette prompte Hostie,
A tiré de la mort sa coulpable partie,
Pour laquelle souffrant des tourmens pleins
    d'effrois
Son Espoux sans pechez expire sur la croix,
Et monstré que son sang chäge en offrädes viues
Par sa viue vertu les fideles conuiues,
Qu'ils ont chez eux le feu, l'autel & le cousteau
Pour couper, presenter & brusler leur gasteau,
Se donner au Seigneur en toute obeyssance,
Et rendre le parfum de leur recognoissance.
Les Escoutans tout pleins d'ardante impression
Ruminoient du Saueur l'estrange passion,
En qui du feu d'amour son ame en amertume

Esprise esteint le feu que l'œil du Pere allume,
En qui des flots flammeux sourdent de son costé
Pour enflammer nos cœurs de sa benignité.
L'amour trouue en la mort l'Hostie expiatoire
  Qui met le Ciel en paix, & la terre en la gloire,
Change au plus-haut honneur l'horreur du bois
      maudit,
Rappelle du cercueil le pecheur interdit,
Luy redonne l'Edem auec l'arbre de vie,
Et de l'amour de Dieu tient son ame rauie;
Chacun faisoit fumer, ses pensers nettoyez,
  Ses souspirs destrempez, & ses desirs broyez
Au bain de cette mort par le feu d'vn bon zele,
Et au throsne de grace en voloit l'estincele.
Ces tourteaux sans leuain par Iesus embrassez,
Et ces bignets huileux de son encens pressez,
D'vne souefue odeur esleuoient leurs offrandes,
Et de ioye esmouuoient les Angeliques bandez.
La publique Oraison immolant ses boueaux
Auoiët par sa vertu fait des hômes nouueaux
Les cœurs impenitens, charnels & incredules,
  Qui n'ayans Christ pour chef aggrauent leurs
      cedules,
Auoient esté forclos des mysteres sacrez;
Et les humbles croyans au banquet attirez
Pour y estre repcus de graisses & de mouëlles,
Et s'emplir à plaisir d'ondes spirituelles.
Desia les mets diuins aux conuiez offerts

Somoient leurs appetits à cœur & bras ouuerts;
Ià les communians d'vne feruente instance
Filoient leurs rangs croissans & fendoient l'as-
    sistance ;
Ia les chants solemnels retentissans d'honneur;
De louange & d'amour s'immoloient au Sei-
    gneur;
Lors que i'ay réssenti mon ame outrepercée
Des aduersaires traits d'vne triste pensée,
Mes chants contre-battus cederent languissans
Aux sur-sauts de mes plaints foiblement ge-
    missans.
Saisi d'obscurité, de trouble & secheresse
Ie sens la loy briser mon ame pecheresse;
Ie voy tous mes pechez enflez d'ombrage noir
D'vn vol espais & fier sur mes pensers s'assoir;
Ils pressent, ie soustien; ils redonnent, ie prie,
Ils rechargent plus fort, à mon Dieu ie recrie,
Ne me laisse, Seigneur, secours-moy, ie peris,
Represte-moy la main, ren moy tes yeux cheris,
Ie verray ces vautours qui me font tãt la guerre
Trainer espouuantez leurs ailes contre terre.
Du faix de mes defaux mon esprit abbatu
Respire en esperant ta diuine vertu,
Tu as tout debonnaire vne abondante grace,
Tu esteins en tõ sang le feu de ta menace,
Tu cours aux cœurs froissez & tremblans à ta
    voix,
                                                    Et

Et qui sont aux durs coups de tes espreuues ccis,
Tu semons les pecheurs courbez dessous leurs
    charges
A s'en desencharger sur tes espaules larges ;
Ie croy, Seigneur, subuien à ma debilité,
Et ne m'impute point mon incredulité ;
D'vn fondemét plus creux plus haut est l'edifice,
Au pecheur plus confus ton aide est plus propice.
Quand du fils de Buzy les animaux zelez,
S'arrestans abbaissoient leurs paremens ailez,
Il se faisoit vn bruit de dessus l'estenduë
D'vn esclat crystalin sur leurs chefs espandue ;
Quand nous baissons nos cœurs & nos yeux
    attristez
Dans le bas sentiment de nos necessitez,
Tu fais, Seigneur, és cieux tes compassions brui-
    re,
Et pour nous redresser ta conduite reluire ;
Si tu nous viés choquer c'est pour nous affermir,
Tu nous fais prendre cœur quand tu nous fais
    blesmir,
C'est pour nous rendre saincts que ta main nous
    chastie,
Et ta froideur resprend nostre ardeur amatie.
Quãd le giure fruictier tient les arbres fréellez
Et serre leurs rameaux de floquets dentelez,
Au lieu d'estre perdus dãs ces blãches enceintes,

Les boutons sont nouez par leurs froides estrain-
tes :
Le Iardinier s'egaye aux signes de son sort,
Et certain s'en promet vn fertile rapport :
Sur semblables appuis fondant mon esperance
Ie forme & raffermis ma fidele asseurance.

Faut-il pas que le cœur soit par la loy brisé,
Pestri par vn regret de larmes espuisé,
Assaisonné du sel d'vne foy veritable,
Et tout enuironné d'vnè ardeur charitable,
Pour fumer deuant Dieu parmy l'air odorant
Que la main de Iesus preste au pauure implo-
rant ?
En faueur des esprits rompus sous leurs offenses
Dieu fait largesse icy de ses beneficences.
Mais i'auoy preparé deuant qu'icy venir
Mon cœur à ce banquet par ce doux souuenir,
I'auois entretenu soit en suiuant ma voye,
Soit depuis iusqu'icy ce sentiment de ioye ;
D'où vient que tout d'vn coup mõ air ennuagé
Par vn vent importun s'est retrouué chargé ?
Dieu l'a permis ainsi pour me faire cognoistre
Que l'ennui peut sans luy si hautemẽt recroistre,
Que nous pourrions en fin sous ses flots abysmer
Si la grace à tous coups ne les vient reprimer,
Et que tout bõ toûiours malgré les vagues rudes
Il sauuera les siens de leurs inquietudes.

I'en reſſen ſa bonté couler plus doucement,
Et i'ay de plus de mal plus de contentement,
Ie remets aux ſaints chãts mes léures diuerties,
Et reſioüi reſiouy les chreſtiennes parties.
Exaltans le Seigneur de l'eſprit & du corps
Du Prophete Royal nous ſuiuons les accords.
    Il met ſi loin de nous nos cheutes deſloyales
Que les parts du Leuant des parts Occidẽtales;
D'vn pere l'Eternel a la dilection
Pour celuy qui le ſert auec affection :
De quoy nous ſommes faits, il a la cognoiſſance,
Et ſçait biẽ que la poudre a fait noſtre naiſſãce;
Les iours de l'hõme ſont comme l'herbe des prez,
Ils ſont cõme les fleurs d'vn vain luſtre parez,
Si toſt que d'vn vent froid elles ont les attain-
        tes ,   [peintes;
Leur lieu ne cognoiſt plus leurs feiulles ſi bien
Mais la grace de Dieu dure eternellement,
Et ſur ſes ſeruiteurs s'eſpand inceſſamment,
Leurs arriere-nepueux eſpreuuent ſa Iuſtice,
Ceux qui gardent ſon Pact ont ce grãd benefice;
L'Eternel eſtablit ſon throſne dans les Cieux,
Et de cét Vniuers tient ſubiects tous les lieux.
Vous puiſſãs en vertus, ſes magnifiques Anges
Prompts à ſes mandemẽs, celebrés ſes louanges.
Beniſſez l'Eternel, ſes eſcadrons nombreux,
Vous de ſon bon plaiſir les Miniſtres heureux.
B ij

De son regne en tous lieux loüez-le, ses ouura-
  ges ;   mages.
Beny-le aussi mon ame, & ren luy tes hom-
  En ces chants que Marot aux Frãçois a dõnez,
Et sur le luth François le premier à sonnez,
En termes approchans de ces belles paroles
Nous chassions des Enfers les malignes firoles,
Et d'vn celeste feu nos esprits tous espris
Excitoient les saincts chants des celestes esprits,
Qui ioyeux remplissoient cette belle Assemblée,
Par l'esprit de Iesus d'aise toute comblée,
Rassasiant sa faim d'vne chair de bon goust,
Et contentant sa soif d'vn agreable moust.
La loy faisoit brusler l'hostie appaiseresse,
Et de boire du sang auoit defense expresse;
Mais l'Euangile donne aux fideles contrits
Et la chair de l'hostie, & son sang d'vn cher prix,
  prix,
Quoy qu'vne seule fois offerts en Sacrifice
L'Eglise en a tousiours le somptueux seruice,
Iusqu'à ce que son Christ vienne en grande clarté
  clarté
Rendre aux vifs, & aux morts leur loyer heri-
  rité.
Il ne faut point penser d'vne façon charnelle
Receuoir ce pain vif & cette eau perennelle.
Ces mets delicieux par Iesus presentez

Par la bouche du corps ne sont point acceptez,
Aux signes seulement de ces choses si sainctes
Les dents sont employez, & les léures sont tein-
    tes.
Bannissons tous pensers offensifs & cruels.
L'ame reçoit par foy ces dons spirituels;
Le pain & le vin sont du corps la nourriture,
Cette chair & ce sang de l'ame la pasture:
Par l'ame le corps est à son Sauueur vny,
Et d'vn germe vital contre la mort muny.
Ce n'est point par le corps que l'ame est sub-
    stantée,
Par l'esprit par lequel Iesus l'a racheptée;
L'Esprit qui fait de nous, & de Christ vn seul
    corps,
Par des fermes liens de mystiques rapports,
Le seul esprit qui ioint ces choses esloignees
Verse le sang de Christ dans nos ames renées.
Le mesme esprit qui part de l'œil escussonné
Et qui donne au sion vn germe boutonné,
N'est ce pas celuy-là qui nourrit sa bouture,
Et de nouueaux drageons accroist sa cheuelu-
    re.
    Tandis en nombre grand les Chrestiennes
        brebis
S'esgayoient dans l'eau claire, & dans les gras
    herbis.

Et ſe voüoient à Dieu, raiſonnables offrandes,
Accompliſſans ainſi les prophetiques bandes
Que l'Eſpouſe deuoit enfanter ſans douleur
Malgré ſes ennemis, conjurans ſon malheur,
Ces trouppeaux d'hommes creus dans les villes
    deſertes
Qui deuoient foiſonner dans leurs places cou-
    uertes
Tels que des gros troupeaux d'animaux conſa-
    crez
Qui monſtoient en Salem, aux iours plus reue-
    rez.
Ces nuages frequens, ces eſpaiſſes volées
De colombes battans leurs aisles conſolées,
Et ces croiſſantes eaux, compagnes d'arbres
    verds,
D'vn torrent qui deuoit arrouſer l'Vniuers,
Fay que bien toſt, Seigneur, nous puiſſions à la
    nage.
Nous ietter en ces flots d'vn valureux courage,
  Sur cela le Seigneur m'oblige de marcher,
Et de ſa bonne chere humblement approcher,
Ie courbe les genoux, afin que de ſa grace
Ie tire à plus longs traits la puiſſante efficace,
Et que ce pain du Ciel ſoit mon fort aliment,
Et contre tous mes maux vn bon medicament;
Que Dieu ſeelle en mon cœur l'eſperance de
    gloire,

De Satan ſous mes pieds me donne la victoire,
Et qu'au prochain ie ſois iuſqu'au poinct du
     tombeau
D'vne vie amendée vn vtile flambeau.
  Ie me leue aſſeuré de ma voix exaucée
Et me tire en mon rang de la foûle pouſſée,
Le premier mouuement de mon cœur appaiſé
Fuſt du bien de mon Prince ardemment attiſé.
Illumine ſes yeux, Seigneur doux & propice,
Souſpirois-ie, des rais du Soleil de iuſtice,
De ta chere Syon qu'il repare les murs,
Et faſſe voir ta gloire aux yeux les plus obſ-
     curs;
D'vne meſme faueur que la Reine eſclairée
Rende par ſon ſupport ton Egliſe honorée;
  Que leur Dauphin conduit par les cahiers ſa-
     crez
Range deſſous ton ioug les peuples eſgarez;
  Que ſon frere ſuiuant vne ſi noble piſte
De ſon ſecours zelé fidellement l'aſſiſte;
Fauoriſe Monſieur, & les Princes du Sang,
Et ceux qui de l'Eſtat tiennent le premier rang.
Afin que les premiers en ta celeſte voye,
Tout le peuple françois obeyſſans les voyes
Qu'ils ſachent que ta main reſerue à la ri-
     gueur
L'oraiſon & le vœu, les victimes du cœur,

Et que tu nous defens d'offrir des Sacrifices,
Fors qu'à toy seul, Seigneur, sous d'estranges sup-
    plices.
    Mais quel rauissement vient mes esprits
    charmer,
    Quelle Diuine voix vient mon cœur animer?
    Quels tons harmonieux poussez par les Leuites
De l'vn & l'autre sexe ont nos bandes benistes?
La larme de plaisir poingt au coin de mon
    œil,
Elle pourroit passer pour vn signe de dueil:
Il la faut retenir dans cette grande feste
Où chacun dans la ioye espanouy se iette.

    Mais voicy que ie sens vn coup d'infirmité,
Et mon cœur transpercé des traits d'humilité
Courir au baume doux qui ressuscite l'ame:
Ne m'abandonne point Seigneur que te recla-
    me,
    Subtiles restaurars d'vn agissant pouuoir
Que vos charmans attraits attirent mon de-
    uoir.
Sauoureux auantgousts des Nopces sur-cele-
    stes,
Quels plats doiuent porter des premisses si le-
    stes?

                              Quels

Quels fruicts doiuent remplir ces essais plantu-
   reux ?
Quelles douceurs suiuent ces baisers amou-
   reux ?
Que cette Canaan ruisselera de graces,
Si ses bords arrousez ont des herbes si grasses ?
Quel mariage attend vn si brillant anneau ,
Et de si beaux habits blancs du sang de l'a-
   gneau.   [sure,
D'vn corps donné pour moy, ce pain rompu m'as-
D'vn sang pour moy versé, ce vin beu me bien-
   heure.
Iesus Fils de Dauid ie t'adore, ie crois;
Ie vis en toy, mon Dieu, qar la mort de ta Croix;
Au monde soit mon ame en toy crucifiée,
Et auec ses desirs la chair mortifiée.
   Ie me iette à genoux encore vn coup , Sei-
   gneur,
Ie rends à ta bonté de tes graces l'honneur;
   Que 'tes dons nourrissans tousiours mon ame
   saoulent,
Et pour te les donner, par tous mes sens se coulẽt,
Que iamais ie ne donne aucun achoppement
A l'employ dont tu m'as donné le mandement.
   La gloire du Seigneur à face descouuerte
A la source en mes yeux des pleurs de ioye ou-
   uerte.

E

Sur ce ie me remets, & d'vn penser r'assis
I'admire de ce miel mes regards esclaircis,
I'en s'en d'vn feu courant ma foy fortifiée,
Au dedans de mon cœur ma paix verifiée,
Ma liesse s'ouurir, mon amour s'enflammer,
Et de certains instincts mon espoir s'animer.
Tous les nerfs de mō ame imbus de ce breuuage
Se portent promptement dans le diuin seruage;
Tout mon esprit succant la vigueur de ce pain
A de la grace emply de la gloire la faim,
Et sentant par la foy le Sauueur en soy viure
Souhaite pour le voir du corps estre deliure.
Pendant ie me console, & des saincts s'égayans
Ie me prens doucement aux Hymnes attrayans.
Nous nous esuertuons en cris d'esiouyssance,
La grace de la terre, & des cieux la plaisance;
Le Soleil restauré semble rire à nos chants,
Et reparez sauter les fleuues & les chans;
Les Anges aux mortels en l'Homme Dieu s'v-
　　　nissent,
Et d'vn mesme air leurs cœurs commencent &
　　　finissent;　　　　　　　　　　　[seaux,
Et quoy que nous soyons des terrestres vais-
Nos ventres font couler des celestes ruisseaux.
　　Sur ce ie me souuiens de la beneficence
Dont l'oblation plaist mesme en nostre indi-
　　　gence.

Il ne faut deuãt Dieu paroistre à vuides mains,
Ou nous serions ingrats, & à ceux inhumains
Pour lesquels Christ est mort, qu' auant sa peine
    extresme,
Il recommãde tant d'aimer comme lui-mesme,
Et pour lesquels il tient nos dons aussi plai-
    sans,
Que s'il auoit receu de sa main nos presens.
    Ayant au Throsne de Dieu fait ma petite
    aumosne
Pour le soustien du corps vn peu de temps ie
    donne;
Mais aussi tost que i'eus satisfait ce deuoir
Ie reuien au sainct lieu mon zele r'esmouuoir,
Et seconder des miens les beaux chants de mes
    freres
Pendant qu'ils s'approchoient de Christ par ses
    mysteres,
De sa force & son suc les dispensateurs pleins,
Anges, estinceloient leurs visages serains;
L'amour du Tout-puissant d'vn esclat Saphy-
    rique
Perçoit les assistans d'vn rayon pacifiques.
    Puis le Ministre à Dieu rend grace de ses
    biens,
Et du bon Simeon fait nos deux entretiens;
L'air de son chant hautain d'vne modeste rime

En ce sens à peu pres passe des Cieux la cime.
Selon que ta promesse a tousiours ses effects
Tu laisse or, Seigneur, ton seruiteur en paix.
Puis que mes yeux ont vcu ton salut par ta gra-
ce,
Que tu as disposé de tout peuple en la face,
La lumiere qui donne aux Gentils ta clarté,
La gloire d'Israel & sa felicité.   [baissent,
Les tendresses des Cieux si fort-vers nous s'ab-
Que d'amour & plaisir les pleurs en nos yeux
naissent.
Le Pasteur couronnant ce celebre banquet
De la paix du Seigneur donc à tous le bonquet.
Seigneur dõt les bõtez ont mon ame assouuie,
Et duquel les douceurs renouuellent ma vie,
Comme tu m'as donné ces doux soulagemens,
Et des vœux de mes vers les forts ébranslemens:
Aussi as-tu conduit de l'entrée à l'issue
Du fil de ma chanson la trame bien tissuë,
Loué soit-tu, Seigneur, de tes gratuitez,
Et de ce que ma Muse a ses vœux acquittez.
Accepte ton present que de ta main ie donne,
Fay qu'ẽ graces tousiours sa seure rebourgeonne,
Qu'il soit tout blanc de fleurs, qu'il soit tout bas
de fruicts,
Ton nom soit grand, moy & mes prochains
instruicts.

9 782016 141366